AF314944

Y. 386 Pièce
+A

DISSERTATION

SUR

LES PRINCIPALES

TRAGEDIES,

ANCIENNES ET MODERNES,

Qui ont paru fur le fujet d'ELECTRE,
& en particulier fur celle
de SOPHOCLE.

Par M. DU MOLARD.

A LONDRES.

M. DCC. L.

DISSERTATION

SUR

LES PRINCIPALES

TRAGEDIES,

ANCIENNES ET MODERNES,

Qui ont paru fur le fujet d'Electre,
& en particulier fur celle
de Sophocle.

L E fujet d'Electre, un des plus beaux de l'antiquité, a été traité par les plus grands Maîtres & chez toutes les Nations qui ont eu du goût pour les fpectacles. Sophocle, Euripide, Efchyle l'ont embelli à l'envi chez les Grecs. Les Latins ont eu plufieurs tragedies fur ce fujet. Virgile le témoigne par ce vers :

Aut Agamemnonius fcenis agitatus Oreftes.

Ce qui donne à entendre que cette piéce étoit fouvent repréfentée à Rome. Ciceron

A

dans le livre *de Finibus* cite un fragment d'une tragédie d'Orefte fort applaudie de fon tems. Suetone dit que Neron chanta le rôle d'Orefte parricide, & Juvenal parle d'un Orefte qui étoit d'une longueur rebutante, & auquel l'Auteur n'avoit pas encore mis la derniere main,

Summi plenâ jam margine libri
Scriptus & in tergo, nec dum finitus Oreftes.

Baif eft le premier qui ait traité ce fujet en notre langue. Son Ouvrage n'eft qu'une traduction de l'Electre de Sophocle, & il a eu le fort de toutes les piéces de Théatre de fon fiécle. L'Electre de M. de Longepierre, faite en 1700, ne fut jouée, je crois, qu'en 1718. Pendant cet intervale M. de Crebillon donna fa tragedie d'Electre. Je ne connois que le titre de l'Electre du Baron de Walef qui a paru dans les Païs-Bas. Enfin M. de Voltaire vient de nous donner une Tragédie d'Orefte. Erafmo di Valvafone a traduit en Italien l'Electre de Sophocle, & Rufcellai a fait une Tragédie d'Orefte, qui fe trouve dans le premier volume du Théatre Italien donné par M. le Marquis Maffei à Verone en 1723.

Je diviferai cette Differtation en trois parties. Je rechercherai dans la premiere

Quels sont les fondemens de la préférence que tous les siécles ont donné à la tragédie d'Electre de Sophocle, sur celle d'Euripide & sur les Cœphores d'Eschyle.

Dans la seconde, j'examinerai sans prévention ce qu'on doit penser de l'entreprise de l'Auteur de la tragédie d'Oreste, de traiter ce sujet sans ce que nous appellons épisodes, & avec la simplicité des anciens, & de la maniere dont il a executé cette entreprise.

Dans la troisiéme & derniere partie, je ferai voir combien il est difficile de s'écarter de la route que les anciens nous ont frayée en traitant ce sujet, sans détruire le bon goût, & sans tomber dans des défauts qui passent même des pensées aux expressions.

Je soumets tout ce que je dirai dans cet écrit au jugement de ceux qui aiment sincerement les Belles-Lettres, qui ont fait de bonnes études, qui connoissent en même tems le génie de la langue Grecque & celui de la nôtre, qui sans être les adorateurs serviles & aveugles des anciens, connoissent leurs beautés, les sentent & leur rendent justice; & qui joignent l'érudition à la saine critique; Je récuse tous les autres Juges comme incompétens.

Je ne cherche qu'à être utile, je ne veux

A ij

faire ni d'éloge ni de fatyre. Le théatre que je regarde comme l'école de la jeuneffe, mérite qu'on en parle d'une maniere plus férieufe, & plus approfondie qu'on ne fait d'ordinaire da.s tout ce qui s'écrit pour & contre les piéces nouvelles. Le Public eft las de tous ces écrits, qui font plutôt des libelles que des inftructions, & de tous ces jugemens dictés par un efprit de caballe, & d'ignorance. Quiconque ofe porter un jugement doit le motiver, fans quoi il fe déclare lui-même indigne d'avoir un avis ; je n'ai formé le mien qu'après avoir confulté les gens de Lettres les plus éclairés. C'eft ce qui m'enhardit à me nommer, afin de n'être pas confondu avec les auteurs de tant d'écrits ténébreux, dont le moins qu'on puiffe dire eft qu'ils font inutiles.

PREMIERE PARTIE

DE L'ELECTRE

DE SOPHOCLE.

ON a toûjours regardé l'Electre de Sophocle comme un chef d'œuvre, foit par rapport au tems auquel elle a été compofée, foit par rapport au peuple pour lequel elle a été faite.

Ce tems touchoit à celui de l'invention de la Tragédie. Trois illuftres rivaux, les chefs & les modeles de tous ceux qui ont excellé depuis dans le genre dramatique, fe difputerent la victoire. Les piéces des deux antagoniftes de Sophocle furent louées, furent même récompenfées; la fienne fut couronnée & préférée. Toute la nation Grecque & toute la poftérité n'ont jamais varié fur ce jugement. Elle tira des gémiffemens & des larmes; elle excita même des cris qu'arrachoient la terreur & la pitié portées à leur comble. On ne peut la lire dans l'original fans répandre des pleurs. Tel eft l'effet que produisît & que produit encore de nos jours la fcene de l'Urne, que toute l'antiquité a regardée comme un chef d'œuvre de l'art dramatique.

Si tous les Grecs & les Romains, si les deux Nations les plus célébres du monde & qui ont le plus cultivé & chéri la Littérature & la Poësie, si deux peuples entiers aussi spirituels & aussi délicats, si tous ceux qui, depuis eux, dans d'autres païs & avec des mœurs différentes, ont aimé les Lettres Grecques & ont été en état de sentir les beautés de cette piéce se sont tous unanimement accordés à penser de même de l'Electre de Sophocle, il faut absolument que ses beautés soient de tous les tems & de tous les lieux.

En effet tout ce qui peut concourir à rendre une piéce excellente se trouve dans celle-cy. Fable bien constituée. Exposition claire, noble, entiere. Observation parfaite des regles de l'art. Unité de lieu, d'action & de tems. (L'action ne dure précisément que le tems de la représentation.) Conduite sage; Mœurs ou caracteres vrais & toujours également soutenus. Electre y respire continuellement la douleur & la vengeance sans aucun mélange de passions étrangeres. Oreste n'a d'autre idée que d'executer une entreprise aussi grande, aussi hardie, aussi difficile qu'intéressante. Son cœur est fermé à tout autre sentiment, à tout autre objet. La douleur de Chryfothemis plus fage, plus moderée que celle de fa fœur fait un contrafte adroit & continuel avec.les emportemens d'E-lectre. Les fentimens y font partout convena-bles.

L'expofition produifoit d'abord un fpec-tacle frappant & un très grand interêt. L'immenfité du Théatre, la magnificence arti-ficieufe des décorations, qui fuppofe néceffairement une grande connoiffance de la perfpective, donnent lieu au Gouverneur d'Orefte de lui faire obferver deux villes, une forêt, des temples, des places publiques & des palais. Que notre théatre eft éloigné de pouvoir offrir d'auffi grands objets! Le refte du difcours du Gouverneur met le fpectateur au fait, en très peu de mots, de l'hiftoire d'Orefte & de fon projet, que la ré-ponfe du Héros acheve d'expliquer. L'Ora-cle lui défend d'avoir des troupes & d'em-ployer d'autres armes que la rufe & le fe-cret. Δολοῖσι κλέψαι χειρός Ἐνδίκους σφαγάς. En con-fequence il envoye fon Gouverneur annon-cer à Egifte & à Clytemneftre qu'Orefte a été tué aux jeux Pythiens. Qu'importe, dit-il, qu'on dife que je fuis mort, pourvu que je vive & que je me couvre de gloire. Quand un faux bruit nous procure un grand avan-tage je ne puis le regarder comme un mal;

ce qui fait allusion à l'idée que les anciens
avoient que ces bruits de mort étoient d'un
mauvais augure.

Τὶ γάρ μὲ λυπεῖ τῦθ ὅταν λόγῳ Θανὼν
Ἔργοισι σωθῶ, κᾀξενέγκωμαι κλεός
Δοκῶ μὲν ὐδὲν ῥῆμα σὺν κέρδει κακόν.

Il sort ensuite pour aller faire des libations sur le tombeau de son pere, ainsi qu'Apollon l'a ordonné. Sa conduite ne se dément point. Les caracteres ne se démentent pas davantage. Même inflexibilité, même fureur dans Electre ; même douceur dans Chrysothemis ; même sagesse dans Oreste & dans le Gouverneur ; même fierté dans Clitemnestre.

Je ne disconviendrai pas qu'avec toutes ces perfections on ne puisse faire quelques objections contre Sophocle. On dira que l'intrigue est très simple. Je l'avoue, & je crois même que c'est la plus grande beauté de la piéce. Cette simplicité iroit au détriment de l'intrigue, si cette intrigue elle-même étoit autre chose qu'un tableau continu : Sophocle, ajoutera-t-on, manque de certains traits délicats & finis que la tragédie a pû acquerir avec le tems. Les pensées n'y sont peut-être pas assez approfondies ni assez variées. Mais les Grecs, & Sophocle en par-

ticulier, connoissoient peu ces foibles orne-
mens. Son pinceau hardy peignoit tout à
grands traits. Il ne s'embarrassoit que d'arriver au but.

On apporte les cendres d'Oreste qu'on
dit avoir été tué aux jeux Pythiens, dont
on fait une très longue description qui ap-
partient plus à l'épopée qu'à la tragédie. Ce
récit ne forme pas d'ailleurs de nœud assez
intrigué. Il ne met point le Héros auquel
on s'interesse en un danger réel. Il ne produit ni pitié ni terreur.

Mais on a toujours excusé cette description épisodique par le gout décidé, par la
passion furieuse que toute la nation Grecque avoit pour ces jeux. En effet c'étoit un
des endroits de la piéce des plus applaudi.
On passoit à Sophocle l'anachronisme formel en faveur de la beauté de ce morceau,
& de l'intérêt qu'on prenoit à cette magnifique description.

On dira peut-être encore que le Gouverneur d'Oreste étoit bien hardi de débiter à
une grande Reine une fable dont elle pouvoit d'un moment à l'autre reconnoître la
fausseté. Toute la Grece accourroit aux
jeux Pythiens. N'y avoit-il aucun habitant
de Mycenes ou d'Argos qui y eut assisté ?
Cela n'est pas probable. Personne n'en étoit-

il encore revenu quand le Gouverneur faisoit ce récit, ou quelqu'un ne pouvoit-il pas
en arriver dans le moment même ? La Reine
pouvoit en un instant découvrir l'imposture.

Cette objection tombe d'elle-même, pour
peu que l'on fasse réflexion que l'action est
si pressée, que Clitemnestre & Egiste sont
tués avant qu'ils ayent le tems d'être dé-
trompés, & encore un coup le plaisir que
ce morceau faisoit à toute la Nation, la
beauté, la sublimité du stile dans lequel il est
écrit l'emporterent sur toutes les critiques.

Je ne sçaurois disconvenir que Sophocle
ainsi qu'Euripide ne devoient pas faire de
Pilade un personnage muet. Ils se sont pri-
vés par-là de grandes beautés.

N'est-ce pas encore un défaut qu'Egiste
ne paroisse qu'à la derniere scène, & pour
y recevoir la mort ? Quel personnage que
celui d'un Roi qui ne vient que pour mou-
rir ? Cependant il ne semble pas absolument
nécessaire qu'Egiste paroisse plutôt. Le Poëte
inspire tant de terreur dans tout le cours de
la piéce, qu'il n'a pas besoin d'introduire plû-
tôt un personnage qui ne produiroit que de
l'horreur, qui nuiroit à son plan, ou qui du
moins seroit inutile.

Quant à l'atrocité de la catastrophe, elle
paroît horrible dans nos mœurs ; elle n'étoit

que terrible dans celle des Grecs. C'étoit
un fait avoué de tout le monde qu'Orefte
avoit tué fa mere de propos délibéré pour
venger le meurtre de fon pere. Il n'étoit pas
permis de le déguifer, ni de changer une fable
univerfellement reçuë (*a*); c'étoit même ce
qui faifoit tout le grand tragique, tout le terrible de cette action. Auffi voit-on qu'Efchyle
& Euripide ont exactement fuivi, comme
Sophocle, l'hiftoire confacrée. Il me femble
même que la mort de Clytemneftre, tuée par
fon fils, eft en un fens moins atroce, & fans
contredit beaucoup plus théatrale & plus
tragique que le meurtre de Camille executé par Horace.

Elle me paroît moins atroce en ce que Camille eft innocente, & Clytemneftre eft coupable du plus grand des crimes ; crime dont
elle fe glorifie quelquefois, & dont elle n'a
qu'un léger repentir ; en cela elle mérite
infiniment plus d'être punie que Camille qui
regrette fon amant, & dont tout le crime
ne confifte qu'en des paroles trop dures que
lui arrache l'excès de fa douleur.

Elle eft plus théatrale en ce qu'elle fait
le vrai fujet de la piéce. Car cette mort eft
préparée & attendue, & celle de Camille

(*a*) Il faut que Clytemneftre foit tuée par Orefte
Ariftot. de Poet. c. 15.

dans les Horaces n'eſt qu'un événement im-
prévû qui pouvoit ne pas arriver, qui ne
fait qu'une double action vicieuſe & un cin-
quiéme acte inutile, qui devient lui-même
une triple action dans la piéce. Il n'y a qu'une
ſeule action au contraire dans Sophocle, la
punition des deux époux étant le ſeul ſujet de la
piéce. C'eſt cette unité qui contribuoit tant
au pathétique de la cataſtrophe. Quoi de plus
pathétique en effet que ces cris de Clytemneſtre? *O mon fils, mon fils, ayez pitié de
celle qui vous a mis au monde.*

... Ὦ τέκνον τέκνον οἴκ]ειρε νὴν τεκᵦσαν·

On frémiſſoit à cette terrible, quoique juſte,
réponſe d'Electre: *Mais vous-même avez eu
pitie de ſon pere & de lui.*

ἀλλ' ὁκ ἐκ σέθεν
ᾦκτάρισϑ' ᵦτῶ, ᵦϑ' ὁ γενήσας πατὴρ·

On trembloit à cette effrayante exclamation
d'Electre à ſon frere: *Frappe, redouble, ſi
tu le peux.*

... Παῖσον, εἰ ϑένεις, διπλῆν

Après quoi Clytemneſtre expirante s'écrie:
Encore une fois, helas!

Ὤμοι μαλ' αὖϑις.

Qu'Egiſte, pourſuit Electre, *ne reçoit-il le
même traitement!*

Εἰ γάρ Αἰγίσϑω ϑ' ὁμᵦ

Egiſte qui arrive dans ces terribles circonftances, croyant voir le corps d'Orefte maffacré, & découvrant celui de fa femme, forme le coup de Théatre le plus frappant & le plus terrible, je ne dis pas pour notre Nation ; mais pour toute celle des Grecs, qui n'étoit point amolie par des idées d'une tendreffe lâche & éffeminée ; pour un peuple, qui d'ailleurs humain, éclairé, poli autant qu'aucun peuple de la terre, ne cherchoit point au Théatre ces fentimens fades & doucereux aufquels nous donnons le nom de galants, & qui par conféquent étoit plus difpofé à recevoir les impreffions d'un tragique atroce.

Combien ce peuple ne s'intéreffoit-il pas à la gloire d'Agamemnon, à fon malheur & à fa vengeance ? Il entroit dans ces fentimens autant qu'Orefte lui-même. Les Grecs n'ignoroient pas que ce Prince étoit coupable de tuer fa mere ; mais il falloit abfolument réprefenter ce crime. La mort de Clitemneftre étoit jufte, & fon fils n'étoit coupable que par l'ordre formel des Dieux qui le conduifoient pas à pas dans ce crime, par celui des deftinées dont les arrêts étoient irrévocables, qui faifoient des malheureux Mortels, ce qu'il leur plaifoit : *Qui nos homines quaſi pilas habent.* Ainfi en condamnant

Oreſte autant qu'ils le devoient, les Grecs ne condamnoient point Sophocle, & ils le combloient au contraire de louanges. D'ailleurs tous les Poëtes tragiques tiennent le langage de la philoſophie Stoïcienne.

Il me ſemble avoir montré les ſources de l'admiration que tous les anciens ont eu pour l'Electre de Sophocle. Le paralelle de cette piéce avec celle d'Euripide & d'Eſchyle ſur ce ſujet, qui ſont à la vérité pleines de beautés, ne ſervira pas peu à démontrer entiérement combien elle leur eſt ſupérieure. On verra combien la conduite & l'intrigue de la piéce de Sophocle ſont plus belles & plus raiſonnables que celles des deux autres.

Dans Euripide Electre a été mariée par Egiſte à un homme ſans biens & ſans dignité, qui demeure hors de la ville dans une maiſon conforme à ſa fortune. La ſcene eſt devant cette maiſon, ce qui ne produit pas une décoration bien magnifique. Cet époux d'Electre, qui à la vérité, par reſpect, n'a eu aucun commerce avec elle, ouvre la ſcène, en fait l'expoſition dans un long monologue qu'on peut regarder comme un prologue. Ce défaut qui ſe trouve dans preſque toutes les premieres ſcenes d'Euripide, rend ſes expoſitions la plûpart froides & peu liées avec la Piéce.

Oreste est reconnu par un Vieillard en pre-
fence de fa fœur, par une cicatrice qu'il s'est
faite au-dessus du fourcil, en courant, lorf-
qu'il étoit enfant, après un chevreuil.

Il va enfuite avec fon ami Pilade affaffiner
Egifte par derriere, pendant qu'il est panché
pour confidérer les entrailles d'une victime.
Ils le tuent au milieu d'un facrifice & d'une
cérémonie religieufe. Ainfi le récit de fa
mort contient la defcription d'un facrifice.
Les Grecs étoient fort curieux de ces def-
criptions de facrifices, de fêtes, de jeux, &c.
Ainfi que des marques, cicatrices, anneaux,
bijoux, caffetes & autres chofes qui amenent
les reconnoiffances.

Le récit qu'Electre & fon frere font de la
maniere dont ils ont affaffiné leur mere, qui
ne vient fur la fcene que pour y être tuée, me
paroît beaucoup plus atroce que la fcene de
Sophocle que j'ai rapportée ci-deffus. Oreste
est livré aux Furies ; mais les Diofcures,
Caftor & Pollux, freres de Clitemneftre,
furviennent, & loin de prendre la défenfe de
leur fœur, ils rejettent le crime de fes enfans
fur Apollon, envoyent Orefte à Athenes
pour y être expié, lui prédifent qu'il courra
rifque d'être condamné à mort ; mais qu'A-
pollon le fauvera en fe chargeant lui même

de ce parricide. Ils lui annoncent enfuite un
fort heureux , après qu’Electre aura époufé
Pilade, époux digne en effet d’une auffi
grande Princeffe , puifqu’il étoit fils d’une
fœur d’Agamemnon , & qu’il defcendoit
d’Eaque fils de Jupiter & d’Egine. C’eft ce
qui juftifie le reproche d’un critique à M.
Racine d’avoir fait de Pilade un confident
trop fubalterne dans Andromaque, & d’a-
voir deshonoré par-là une amitié refpecta-
ble entre deux Princes dont la naiffance étoit
égale.

Quant, à la piéce d’Efchyle, des filles étrangeres, efclaves de Clytemneftre , mais atta-
chées à Electre , portent des préfens fur le
tombeau d’Agamemnon, c’eft ce qui a fait
donner à la piéce le nom de Cœphores , ou
porteufes de libations ou de prefens , du mot
Grec χοη qui fignifie des libations qu’on faifoit fur les tombeaux.

Orefte eft reconnu par fa fœur dès le
commencement de la piéce par trois marques affez équivoques, les cheveux, la tra-
ce des pas & la robe ύφασμα qu’elle a tiffue
elle-même, il y avoit fans doute long-tems.

Les anciens, eux-mêmes, fe font moqué
de cette reconnoiffance, & M. Dacier la
blâme parce qu’elle eft trop éloignée de la
péripétie ,

péripetie, ou changement d'état. Celle de Sophocle eſt plus ſimple. Oreſte dit à ſa ſœur, *regardez cet anneau, c'eſt celui de mon pere.*

Τὴν δὲ περσελέψασα με
Σφραγίδα πάτρος.

Il déclare enſuite que l'Oracle d'Apollon lui a ordonné de tuer les meurtriers de ſon pere, ſous peine d'éprouver les plus cruels tourmens, d'être livré aux Furies, &c.

Le P. Brumoi remarque judicieuſement à ce ſujet, qu'Oreſte eſt criminel en obéïſſant & en n'obéïſſant pas. Cependant il ne peut ſe déterminer à tuer ſa mere. Electre leve ſes ſcrupules & l'aigrit contre elle. Le chœur lui raconte le ſonge de la Reine, qui a cru voir ſortir de ſon ſein un ſerpent qui lui a tiré du ſang au lieu de lait. Oreſte jure qu'il accomplira ce ſonge. Le Chœur ſuivant eſt un récit des amours funeſtes qui ont été enſanglantés.

Oreſte s'introduit dans le palais d'Egiſte ſous le nom d'un Marchand de la Phocide, qui vient annoncer la mort du fils d'Agamemnon. Egiſte entre dans ſon palais pour s'aſſurer de ce bruit. Oreſte l'y tue, & reparoît pour [...] ſa mere ſur le Théatre. Envain elle lui demande grace par les mammelles qui l'ont

BIBLIOTHEQUE IMP.

B

allaité. Pylade dit à son ami, qui craint encore
de commettre ce paricide, qu'il doit obéïr
aux Dieux & accomplir ses sermens. *Préfe-*
rez-vous, ajoute-t-il, *vos ennemis aux*
Dieux mêmes. Oreste determiné dit à sa mere:
c'est à vous-même, & non pas à moi que vous
devez attribuér votre mort συ τοι σεαυτὴ, ἐκ
ἐγώ, κατακτείνεις Quoi de plus réflechi de plus
dur & de plus cruel ? Il n'y a point d'Oracle,
de destinée qui put diminuer sur notre Théatre l'atrocité de cette action & de ce spécta-
cle.

Cette courte analise des deux piéces ri-
vales de l'Electre de Sophocle, suffit pour
faire connoître combien celle-cy est préfe-
rable aux deux autres, par rapport à la fable,
(μῦθος) & par rapport aux mœurs (ηϑη).

Mais le principal mérite de Sophocle,
celui qui lui a acquis l'estime & les éloges
de ses contemporains & des siécles suivans
jusqu'au notre, celui qui les lui procurera
tant que les Lettres Grecques subsisteront ;
c'est la noblesse & l'harmonie de sa diction
(λέξις). Quoique Euripide l'emporte quelquefois sur lui par la beauté des pensées, (διάνοιαι)
Sophocle est au-dessus de lui par la grandeur,
par la majesté, par la pureté du style, & par
l'harmonie. C'est ce que le sçavant & judi-
cieux Abbé du Bos appelle la Poësie de stile.

C'eſt elle qui a fait donner à Sophocle le ſur-
nom d'*Abeille*, c'eſt elle qui lui a fait rempor-
ter vingt-trois victoires ſur tous les Poëtes de
ſon tems. Le dernier de ſes triomphes lui
coûta la vie par la ſurpriſe & par la joie imprévue qu'il en eût : de ſorte qu'on peut dire
de lui qu'il eſt mort dans le ſein de la victoire.

Les termes pittoreſques & cette imagination dans l'expreſſion, ſans laquelle le vers
tombe en langueur, ſoutiendront Homere
& Sophocle dans tous les tems, & charme-
ront toujours les amateurs de la langue dans
laquelle ces grands Hommes ont écrit (*a*).
Ce mérite ſi rare de la beauté de l'élocution
eſt, ſelon Quintilien, comme une muſique
harmonieuſe qui charme les oreilles délica-
tes. Un Poëme auroit beau être parfait d'ailleurs, & conduit ſelon toutes les regles de
l'art, il ne ſera lû de perſonne, s'il manque
de ce mérite, & s'il péche par l'élocution.
Cela eſt ſi vrai qu'il n'y a jamais eu, dans
aucune langue & chez aucun Peuple, de
poëme mal écrit qui jouiſſe de la moindre
eſtime permanente & durable. C'eſt ce qui
a fait univerſellement rejetter parmi nous la

(*a*) Graiis ingenium, graiis dedit ore rotundo
Muſa loqui. *Horat. de arte Poët.*

Pucelle de Chapelain & le Poëme de Clovis de Desmaretz.

» Ce font deux Poëmes épiques, ajoûte **M.**
» l'Abbé du Bos, dont la conftitution & les
» mœurs vallent mieux fans comparaifon que
» celle des deux Tragédies (du Cid & de Pom-
» pée). D'ailleurs leurs incidens qui font la
» plus belle partie de notre Hiftoire doivent
» plus attacher la Nation Françoife que des
» évenemens arrivés depuis long-tems dans
» l'Efpagne & dans l'Egypte. Chacun fçait
» le fuccès de ces Poëmes qu'on ne fçauroit
» imputer qu'au défaut de la Poëfie de ftile.
» On n'y trouve prefque point de fentimens
» naturels capables d'intéreffer. Ce défaut leur
» eft commun. Quant aux images, Defmarets
» ne crayonne que des chimères, & Chapelain,
» dans fon ftile Tudefque, ne deffine rien que
» d'imparfait & d'eftropié. Toutes fes peintures
» font des tableaux gothiques. De-là vient le
» feul défaut de la Pucelle, mais dont il faut ,
» felon M. Defpreaux que fes Défenfeurs con-
» viennent : le défaut qu'*on ne la fçauroit lire.*

Sans la langue, en un mot, l'auteur le plus
divin

Eft toûjours, quoi qu'il faffe, un méchant
écrivain. *Boileau art. poët.*

SECONDE PARTIE
DE LA TRAGEDIE
D'ORESTE.

IL n'eft pas indifferent de remarquer d'abord que dans tous les fujets que les anciens ont traité, on n'a jamais reuffi qu'en imitant leurs beautés; la difference des tems & des lieux fait que de très légers changemens. Car le vrai & le beau font de tous les tems & de toutes les Nations. La vérité eft une, & les anciens l'ont faifie, parce qu'ils ne recherchoient que la nature, dont la Tragédie eft une imitation. Phedre & Iphigenie en font des preuves convaincantes. On fçait le mauvais fuccès de ceux, qui en traitant les mêmes fujets, ont voulu s'écarter de ces grands modéles. Ils fe font écarté en effet de la nature, & il n'y a de beau que ce qui eft naturel.

Il fe préfente une autre réflexion non moins utile. C'eft que parmi nous les vrais imitateurs des anciens fe font toujours rempli de leur efprit, au point de fe rendre propres leur harmonie & leur élégance conti-

B iij

nue. La raiſon en eſt, à mon gré, qu’ayant
ſans ceſſe devant les yeux ces modeles du
bon goût & du ſtile ſoutenu, ils ſe for-
moient peu à peu l’habitude d’écrire comme
eux, tandis que les autres, ſans modeles,
ſans regles, s’abandonnoient aux écarts d’une
imagination déreglée, ou reſtoient dans leur
ſtérilité.

Ces deux principes poſés, je crois ne rien
dire que de raiſonnable, en avançant que
l’auteur de la Tragédie d’Oreſte a imité Sophocle autant que nos mœurs le lui permet-
toient, & quelque eſtime que j’aye pour la
piéce Grecque je ne crois pas qu’on dût porter l’imitation plus loin.

Il a répreſenté Electre & ſon frere toujours occupés de leur douleur & de la vengeance de leur pere, & n’étant ſuſceptibles
d’aucun autre ſentiment. C’eſt préciſément
le caractere que Sophocle, Eſchyle & Euripide leur donnent; il n’en a retranché que
des expreſſions trop dures ſelon nos mœurs.
Même réſolution dans les deux Electres de
poignarder le tyran; même douleur en ap-
prenant la fauſſe nouvelle de la mort d’O-
reſte; mêmes menaces, mêmes emportemens
dans l’un & dans l’autre.

Mais il n’a pas voulu repréſenter Electre
étendant ſa vengeance ſur ſa propre mere,

excitant son frere à cette action détestable.
Il les a rendu plus respectueux pour celle
qui leur a donné la naissance, & il a même
semé dans le rôle d'Electre, tantôt des sentimens de tendresse & de respect, & tantôt
des emportemens selon qu'elle a plus ou
moins d'esperance.

Les rôles de Pylade & de Pammene me
paroissent avoir été faits pour suppléer aux
Chœurs de Sophocle. Quelle sagesse dans
l'un & dans l'autre personnage & quels sentimens l'Auteur donne au premier ? Je
n'en veux rapporter que deux exemples. Le
premier est tiré de la premiere scene du troisiéme acte, où Pylade répond à Pammene
qui tremble de voir Oreste exposé sans troupes & sans armes aux fureurs d'Egiste, au
milieu de ses Etats & à la porte de son Palais.

C'est assez, & du ciel je reconnois l'ouvrage,
Il nous a tout ravi par ce cruel naufrage :
Il veut seul accomplir ses augustes desseins :
Pour ce grand sacrifice il ne veut que nos mains.
Tantôt de trente rois il arme la vengeance ;
Tantôt trompant la terre & frappant en silence,
Il veut en signalant son pouvoir oublié,
N'armer que la nature & la seule amitié.

L'autre est tiré de la seconde scène du

quatriéme acte. Pylade y dit à Electre qu'Oreste obéït aux Dieux :

Les arrêts du destin trompent souvent notre ame.
Il conduit les mortels, il dirige leurs pas,
Par des chemins secrets qu'ils ne connoissent pas.
Il plonge dans l'abime, & bientôt en retire,
Il accable de fers, il éleve à l'Empire ;
Il fait trouver la vie au milieu des tombeaux ...

Le fond du rôle de Clytemnestre est tiré aussi de Sophocle, quoique tempéré par la Clytemnestre d'Euripide. On voit évidemment dans les deux Poëtes Grecs que Clytemnestre est souvent prête à s'attendrir. Elle se justifie devant Electre ; elle entend ses reproches, & il est certain que si Electre lui répondoit avec plus de circonspection & de douceur, il seroit impossible qu'alors Clytemnestre ne fut pas émue & ne sentit pas des remords. Ainsi puisque l'auteur d'Oreste pour se conformer plus à nos mœurs, & pour nous toucher davantage, rend Electre moins féroce avec sa mere, il falloit bien qu'il rendit Clytemnestre moins farouche avec sa fille. L'un est la suite de l'autre. Electre est touchée quand sa mere lui dit :

Mes filles devant moi ne sont point étrangeres,
Même en dépit d'Egiste elles m'ont été chéres ;

Je n'ai point oublié mes premiers fentimens ,
Et malgré la fureur de fes emportemens,
Electre dont l'enfance a confolé fa mere
Du fort d'Iphigenie & des rigueurs d'un pere,
Electre qui m'outrage & qui brave mes loix,
Dans le fond de mon cœur n'a point perdu fes
   droits.

 Clytemneftre à fon tour eft émue quand fa
fille lui demande pardon de fes emportemens.
Pouvoit-elle réfifter à ces paroles tendres ?

Eh bien , vous défarmez une fille éperdue ;
La nature en mon cœur eft toujours entendue.
Ma mere, s'il le faut , je condamne à vos pieds
Ces reproches fanglans trop long-tems effuyez ;
Aux fers de mon tyran par vous même livrée
D'Egifte dans mon cœur je vous ai féparée ;
Ce fang que je vous dois ne fçauroit fe trahir ;
J'ai pleuré fur ma mere & n'ai pû vous haïr , &c.

 Mais enfuite quand cette même Electre,
croyant fa mere complice de la mort d'O-
refte lui fait des reproches fanglans, & qu'elle
lui dit :

Vous n'avez plus de fils ; fon affaffin cruel
Craint les droits de fes fœurs au trone paternel.
Ah ! fi j'ai quelques droits , s'il eft vrai qu'il les
   craigne
Dans ce fang malheureux que fa main les éteigne ;

Qu'il acheve à vos yeux de déchirer mon sein,
Et si ce n'est assez, prêtez-lui votre main,
Frappez, joignez Electre à son malheureux frere,
Frappez, dis-je, à vos coups je connoîtrai ma
    mere.

Y a-t-il rien de plus naturel que de voir Clytemnestre irritée reprendre alors toute sa dureté, & dire à sa fille

Va, j'abandonne Electre au malheur qui la suit,
Va, je suis Clitemnestre & surtout je suis Reine,
Le sang d'Agamemnon n'a de droit qu'à ma haine;
C'est trop flatter la tienne, & de ma foible main
Caresser le serpent qui déchire mon sein.
Pleure, tonne, gémis, j'y suis indifferente;
Je ne verrai dans toi qu'une esclave imprudente;
Flottante entre la crainte & la témérité
Sous la puissante main de son maître irrité.
Je t'aimois malgré toi, l'aveu m'en est bien triste;
Je ne suis plus pour toi que la femme d'Egiste;
Je ne suis plus ta mere, & toi seule as rompu
Ces nœuds infortunés de ce cœur combattu,
Ces nœuds qu'en frémissant reclamoit la nature,
Que ma fille déteste, & qu'il faut que j'abjure.

Ces passages de la pitié à la colere, ce jeu des passions, ne sont-ils pas véritablement tragiques, & le plaisir qu'ils ont constament fait à toutes les représentations n'est-il pas un témoignage certain que l'Auteur en puisant également dans l'antiquité & dans la nature, a saisi tout ce que l'une & l'autre pouvoient fournir?

Mais quand Electre parle au tyran, son caractere inflexible est tellement soutenu qu'elle ne se dément pas même en demandant la grace de son frere :

Cruel, si vous pouvez pardonner à mon frere,
(Je ne peux oublier le meurtre de mon pere) ;
Mais je pourrois du moins muette à votre aspect,
Me forcer au silence & peut-être au respect.

Je demande si dans l'intrigue d'Oreste, la plus simple sans contredit qu'il y ait sur notre Théatre, il n'y a pas un heureux artifice à faire aborder Oreste dans sa propre patrie par une tempête, le jour même que le tyran insulte aux mânes de son pere. Si la rencontre du vieillard Pammene & la scène qu'Oreste & Pylade ont avec lui n'est pas dans le goût le plus pur de l'antiquité, sans en être une copie, & si on peut la voir sans en être attendri. La derniere scène du second acte entre Iphise & Electre, & qui est une très belle imitation de Sophocle, produit tout l'effet qu'on en peut attendre.

L'exposition de la piéce d'Oreste me paroît auffi pleine qu'on puiffe la fouhaiter. Le récit de la mort d'Agamemnon dès la feconde fcène, & que l'Auteur a imité d'Efchyle, mettroit feul au fait, avec ce qui le précede, le fpectateur le moins inftruit. Electre peut-elle après ce récit exprimer fon état d'une maniere plus précife & plus entiere qu'elle le fait dans ces trois vers?

Je pleure Agamemnon, je tremble pour un frere,
Mes mains portent des fers, & mes yeux pleins
        de pleurs
N'ont vû que des forfaits & des perfécuteurs.

Le deffein de tromper Electre pour la venger & l'apporter les cendres prétendues d'Orefte eft entiérement de Sophocle. L'Oracle avoit expreffement ordonné qu'on vengeât la mort d'Agamemnon par la rufe δολοῖσι.

L'Auteur François n'a fait qu'ajouter à cet ordre des Dieux une menace terrible en cas qu'Orefte défobéit & qu'il fe découvrit à fa fœur. Cette fage défenfe étoit d'ailleurs néceffaire pour la réuffite de fon projet. La joie d'Electre auroit affurement éclaté, & auroit découvert fon frere. D'ailleurs que pouvoit en fa faveur une Princeffe malheureufe & chargée de fers? Pylade a raifon de dire à fon ami que fa fœur peut le perdre & ne fçauroit le fervir, & dans un autre endroit.

Renferme cette amour & fi tendre & fi pure,
Doit-on craindre en ces lieux de dompter la na-
    ture?
Ah! de quels fentimens te laiffe-tu troubler?
Il faut vanger Electre & non la confoler.

C'eft cette menace des Dieux qui produit le nœud & le dénouement. C'eft elle qui retient d'abord Orefte quand Electre s'abandonne au défefpoir à la vûe de l'urne qu'elle croit contenir les cendres de fon frere. C'eft elle qui eft caufe de la réfolution furieufe que prend Electre de tuer fon propre frére qu'elle croit l'affaffin d'Orefte. C'eft cette menace des Dieux qui eft accomplie quand ce frere trop tendre a défobéï. C'eft elle enfin qui donne au malheureux Orefte l'aveuglement & le tranfport dans lefquels il tue fa mere, de forte qu'il eft puni lui-même en la puniffant.

C'étoit une maxime reçue chez tous les anciens que les Dieux puniffoient la moindre défobéïffance à leurs ordres comme les plus grands crimes, & c'eft ce qui rend encore plus beaux ces vers que l'auteur met dans la bouche d'Orefte au troifiéme acte.

Eternelle Juftice, abime impénétrable,
Ne diftinguez vous point le foible & le coupable,

Le mortel qui s'égare, ou qui brave vos loix;
Qui trahit la nature, ou qui céde à sa voix?

Ce ne sont pas là de ces vaines sentences détachées. Ces vers sont en sentimens aussi bien qu'en maximes. Ils appartiennent à cette Philosophie naturelle qui est dans le cœur, & qui fait un des caracteres distinctifs des ouvrages de l'Auteur.

Quel art n'y a-t-il pas encore, à faire paroître les Eumenides avant le crime d'Oreste, comme les Divinités vengeresses du meurtre d'Agamemnon, & comme les avant-courieres du crime que son fils va commettre? Cela me paroît très conforme aux idées de l'Antiquité quoique très-neuf. C'est inventer comme les anciens l'auroient fait s'ils avoient été obligés d'adoucir le crime d'Oreste. Au lieu que dans Euripide & dans Eschyle, Oreste est livré aux Furies parce qu'il a tué sa mere, ici Oreste ne tue sa mere que parce qu'il est livré aux Furies, & il leur est livré parce qu'il a désobéi aux Dieux en se découvrant à sa sœur.

Dans quels vers ces Eumenides sont évoquées?

Eumenides, venez, soyez ici mes Dieux.
Accourrez de l'enfer dans ces horribles lieux;

Dans ces lieux plus cruels & plus remplis de cri-
  mes
Que vos gouffres profonds regorgeans de victimes.
Filles de la vengeance armez-vous, armez-moi...
Les voici.... je les vois & les vois sans terreur,
L'aspect de mes tyrans m'inspiroit plus d'horreur.

L'Auteur de la Tragedie d'Oreste a sans
doute eu tort de tronquer la scene de l'urne.
Il est vrai qu'un excès de délicatesse empêche
quelquefois de goûter & de sentir des mor-
ceaux d'une aussi grande force & des traits
aussi mâles & aussi sublimes. Près de cin-
quante vers de lamentations auroient peut-
être paru des longueurs à une nation impa-
tiente & qui n'est pas accoûtumée aux lon-
gues tirades des scènes grecques. Cependant l'auteur a perdu le plus beau , &
l'endroit le plus pathétique de la piéce. A
la vérité il a tâché d'y suppléer par une beauté
neuve. L'urne contient, selon lui, les cendres de Plisthene fils d'Egiste. Ce n'est point
une urne vuide & postiche. La mort d'A-
gamemnon est déja à moitié vengée. Le tyran va tenir cet horible présent de la main de
son plus cruel ennemi ; present qui inspire &
la terreur dans le cœur du spectateur qui est
au fait, & la douleur dans celui d'Electre
qui n'y est pas. Il faut avouer aussi que la

coutume des anciens de recueillir les cendres
des morts & principalement de ceux qu'ils
aimoient le plus tendrement, rendoit cette
scene infiniment plus touchante pour eux
que pour nous. Il a fallu suppléer au pathétique qu'ils y trouvoient par la terreur
que doit inspirer la vue des cendres de Plisthene, premiere victime de la vengeance
d'Oreste. D'ailleurs la situation de l'urne
dans les mains d'Electre produit un coup
de théatre à l'arrivée d'Egiste & de Clytemnestre. La douleur même & les fureurs
d'Electre persuadent le tyran de la vérité de
ce que Pammene vient de lui annoncer.

Le nouvel auteur s'est bien gardé de faire un long récit de la mort d'Oreste en
presence d'Egiste. Ce récit auroit eu tout
les défauts que les détracteurs de l'antiquité
osent reprocher à celui de Sophocle. Il sup-
pose qu'Oreste & l'étranger se font vûs à
Delphe. *Aisément* (dit Pilade) *les malheureux s'unissent, trop promptement liés aisément ils s'aigrissent.* Oreste a dit plus haut à
Egiste qu'il s'est vangé sans implorer le se-
cours des Rois. Cette supposition est simple
& tout-à fait vraisemblable, & je crois qu'E-
giste, interessé autant qu'il l'étoit à cette
mort pouvoit s'en contenter sans entrer dans
un examen plus approfondi. On croit très
aisément

aisément ce que l'on souhaite avec une passion violente. D'ailleurs Clitemneftre interromp cette converfation qui l'accable, & l'action eft enfuite fi précipitée, ainfi que dans Sophocle, qu'il n'eft pas poffible à Egifte d'en demander ni d'en apprendre davantage. Cependant comme le caractere d'un tyran eft toujours rempli de défiance, il ordonne qu'on aille chercher fon fils pour confirmer le récit des deux étrangers.

La reconnoiffance d'Electre & d'Orefte fondée fur la force de la Nature & fur le cri du fang, en même tems que fur les foupçons d'Iphife, fur quelques paroles équivoques d'Orefte, & fur fon attendriffement me paroît d'autant plus pathétique, qu'Orefte, en fe découvrant, éprouve des combats qui ajoutent beaucoup à l'attendriffement qui n'ait de la fituation. Les reconnoiffances font toujours touchantes, à moins qu'elles ne foient très-mal-adroitement traitées. Mais les plus belles font peut-être celles qui produifent un effet qu'on n'attendoit pas, qui fervent à faire un nouveau nœud, à le refferrer, & qui replongent le héros dans un nouveau péril. On s'intéreffe toujours à deux perfonnes malheureufes qui fe reconnoiffent après une longue abfence & de grandes infortunes. Mais fi ce bonheur paffager les rend encore plus miferables, c'eft alors que le cœur eft déchiré, ce qui eft le vrai but de la tragedie.

A l'égard de cette partie de la cataftrophe que l'auteur d'Orefte a imité de Sophocle, & qu'il n'a pas, dit-il, ofé faire repréfenter, je fuis d'un avis contraire au fien. Je crois que fi cé morceau étoit joué avec terreur, il en produiroit beaucoup.

Qu'on fe figure Electre, Iphife & Pylade faifis d'effroi & marquant chacun leur furprife aux cris de Clytemneftre; ce tableau devroit faire ce me femble un auffi grand effet à Paris qu'il en fit à Athenes, & cela avec d'autant plus de raifon que Clytemneftre infpire beaucoup plus de pitié dans la piéce Françoife que dans la piéce Grecque. Peut-être qu'à la premiere repréfentation des gens mal-intentionnés purent profiter de la difficulté de repréfenter cette action fur un théatre étroit, & embarraffé par la foule des fpectateurs, pour y jetter quelque ridicule. Mais comme il eft très-certain que la chofe eft bonne en foi, il faudroit néceffairement qu'elle parut bonne à la longue, malgré tous les difcours & toutes les critiques. Il ne feroit pas même impoffible de difpofer le théatre & les décorations d'une maniere qui favorifat ce grand tableau. Enfin il me paroit que celui qui a heureusement osé faire paroître une ombre d'après Eschyle & d'après Euripide, pourroit fort bien faire entendre les cris de Clytemnestre d'après Sophocle. Je maintiens que ces coups bien ménagés sont la véritable tragedie qui ne consiste pas dans les sentimens galans, ni dans les raisonnemens, mais dans une action pathétique, terrible, théatrale telle que celle-ci.

Electre ne participe point dans Oreste au meurtre de sa mere comme dans l'Electre de Sophocle, & encore plus dans celles d'Euripide & d'Eschyle. Ce qu'elle crie à son frere dans le moment de la catastrophe la justifie :

     . . . . Acheve, & sois inéxorable

Vange-nous, vange-là, (*Clytemnestre*) tranche
        un nœud si coupable,

Frappe, immole à ses pieds cet infâme assassin.

Je ne comprends pas comment la même nation qui voit tous les jours sans horreur le dénouement de Rodogune, & qui a souffert celui de Thieste & d'Atrée pourroit désaprouver le tableau que formeroit cette catastrophe. Rien de moins consequent. L'atrocité du spectacle d'un pere qui boit le sang de son propre fils innocent & massacré par un frere barbare, doit causer infi-

niment plus d'horreur que le meurtre in-
volontaire & forcé d'une femme coupable.
meurtre ordonné d'ailleurs expreffément par
les Dieux.

Orefte eft certainement plus à plaindre
dans l'auteur François que dans l'Athénien,
& la Divinité y eft plus ménagée. Elle y punit un crime par un crime ; mais elle punit
avec raifon Orefte qui a défobéï. C'eft cette
défobéïffance qui forme précifément ce qu'il
y a de plus touchant dans la piéce. Il n'eft
parricide que pour avoir trop écouté avec fa
fœur la voix de la nature ; il n'eft malheureux que pour avoir été tendre ; il infpire
ainfi la compaffion & la terreur.

Quant au dernier récit que fait Pylade, je
ne fçais ce qu'on y pourroit trouver à redire.
Les applaudiffemens redoublés qu'il a reçu,
le mettent pleinement au deffus de la critique.
Les Grecs ont été charmé de celui d'Euripide où le meurtre d'Egifte eft raconté fort
au long. Comment notre nation pourroit-
elle improuver celui-ci qui contient d'ail-
leur une révolution imprévue, mais fondée,
dont tous les fpectateurs font d'autant plus
fatisfaits, qu'elle n'eft en aucune façon an-
noncée, qu'elle eft à la fois étonnante &
vraifemblable, & qu'elle conduit naturelle-
ment à la cataftrophe.

Ce n'est pas un de ces dénouemens vulgaires dont parle M. de la Bruyere, & dans lequel les mutins n'entendent point raison. On voit assez quel art il y a d'avoir amené de loin cette révolution en faisant dire à Pammene dès le troisiéme acte :

La race des vrais Rois tôt ou tard est servie.

Je demande après cela si la République des Lettres n'a pas obligation à un auteur qui ressuscite l'antiquité dans toute sa noblesse, dans toute sa grandeur & dans toute sa force, & qui y joint les plus grands efforts de la nature, sans aucun mélange des petites foiblesses & des misérables intrigues amoureuses qui deshonorent le théatre parmi nous.

L'impression de la piéce met en liberté de juger du mérite de la diction, des pensées, & des sentimens dont elle est remplie. On verra si l'auteur a imité les grands modeles, & de quelle maniere il l'a fait. On y trouvera un grand nombre de pensées tirées de Sophocle ; cela étoit inévitable, & d'ailleurs on ne pouvoit mieux faire. J'en ai reconnu plusieurs tirées ou imitées d'Euripide qui ne me paroissent pas moins belles dans l'auteur François que dans le Grec même. Telles sont ces pensées de Clytemnestre :

Vous pleurez dans les fers & moi dans ma grand
  deur ....
Vous frappez une mere & je l'ai mérité
    .... ἔκ ὅ7ας ἄγαν

χαῖρω 7ι, τέκνον, τοῖς διδεͅμενοῖς ἐμοι

Et celle-ci d'Electe qui a été ſi applaudie :

Qui pourroit de ces Dieux encenſer les autels
S'ils voyoient ſans pitié les malheurs des mortels,
Si le crime inſolent dans ſon heureuſe yvreſſe
Ecraſoit à loiſir l'innocente foibleſſe ?

  Πέποιθαδ᾽ ή· χρὴ μηκιθ᾽ ήγᾶοθαι θεὺς
  Ειͅαδικ᾽ Ἔαθαι τῆς δικης ὑπέρ7εξα.

Les anciens avoient pour maxime de ne
faire des acteurs ſubalternes, même de ceux
qui contribuoient à la cataſtrophe, que des
perſonnages muets, ce qui valloit infiniment
mieux que les dialogues inſipides qu'on met
de nos jours dans la bouche de deux ou
trois confidens dans la même piéce. On ne
trouve point dans la tragédie d'Oreſte de
ces perſonnages oiſifs qui ne font qu'écouter
des confidences, & plût au ciel que le goût
en paſſat. Sophocle & Euripide ont mieux aimé ne point faire parler Pylade que de lui faire
dire des choſes inutiles. Dans la nouvelle piéce tous le rôles ſont intéreſſans & néceſſaires.

TROISIE'ME PARTIE.

*Des deffauts où tombent ceux qui s'écartent
des anciens dans les sujets qu'ils ont traité.*

PLus mon zèle pour l'antiquité, & mon
eftime fincere pour ceux qui en ont fait
revivre les beautés viennent d'éclater, plus
la bienféance me prefcrit de moderation &
de retenue en parlant de ceux qui s'en font
écarté. Je fuis bien éloigné de vouloir faire
de cet écrit une fatyre ni même une critique, & je n'aurois jamais parlé de l'Electre
de M. de Crebillon fi je ne m'y trouvois en-
traîné par mon fujet. Mais les termes inju-
rieux qu'il a mis dans la préface de cette
piéce contre les anciens en général, & en particulier contre Sophocle, ne me permettent
pas de garder le filence. En effet puifque M.
de Crebillon traite de préjugé l'eftime qu'on
a pour Sophocle depuis près de trois mil
ans, puifqu'il dit en termes formels qu'il croit
avoir mieux réuffi que les trois tragiques
Grecs à rendre Electre tout-à-fait à plaindre ;
puifqu'il ofe avancer que l'Electre de Sophocle a plus de férocité que de véritable
grandeur, & qu'elle a autant de défaut que
la fienne ; n'eft-il pas permis, n'eft-il pas

même du devoir d'un homme de lettres
de prévenir contre cette invective ceux qui
pourroient s'y laisser surprendre, & de dé-
poser en quelque façon à la posterité qu'à
la gloire de notre siecle, il n'y a aucun homme de bon goût, aucun véritable Sçavant
qui n'ait été revolté de ces expressions. Mon
dessein n'est que de faire voir, par l'exemple
même de cet auteur moderne, à toute la
secte des détracteurs de l'antiquité, qu'on
ne peut, comme je l'ai déja dit, s'écarter
des anciens, dans les sujets qu'ils ont traité,
sans s'éloigner en même tems de la nature,
soit dans la fable, soit dans les caracteres,
soit dans l'élocution. Le cœur ne pense
point par art, & ces anciens, l'objet de
leur mépris ne consultoient que la nature. Ils
puisoient dans cette source de la vérité, la
noblesse, l'enthousiasme, l'abondance & la
pureté. Leurs adversaires en suivant une route
opposée, & en s'abandonnant aux écarts de
leur imagination déreglée ne rencontrent
que bassesse, que froideur, que stérilité &
que barbarie.

Je me bornerai ici à quelques questions
ausquelles tout homme de bon sens peut aisément faire la réponse.

Comment Electre peut-elle être chez M.
de Crebillon plus à plaindre & plus touchante
que dans Sophocle, quand elle est occupée

d'un amour froid auquel perſonne ne s'intereſſe, qui ne ſert en rien à la cataſtrophe, qui dément ſon caractere, qui de l'aveu même de l'auteur ne produit rien, qui jette enfin une eſpece de ridicule ſur le perſonnage le plus terrible & le plus inflexible de l'antiquité, le moins ſuſceptible d'amour, & qui n'a jamais eu d'autres paſſions que la douleur & la vengeance? N'eſt-ce pas comme ſi on mettoit ſur le théatre Cornelie amoureuſe d'un jeune homme après la mort de Pompée. Qu'auroit penſé toute l'antiquité ſi Sophocle avoit rendu Chryſothemis amoureuſe d'Oreſte pour l'avoir vû une fois combattre ſur des murailles, & ſi Oreſte avoit dit à cette Chryſothemis:

'Ah ſi pour ſe flatter de plaire *à vos beaux yeux*,
Il ſuffiſoit d'un bras toujours victorieux,
Peut-être à ce bonheur aurois-je pû prétendre
'Avec quelque valeur & l'amour le plus tendre,
Quels efforts, quels travaux, quels illuſtres projets
N'eût point tenté ce cœur *charmé de vos attraits?*

Qu'auroit-on dit dans Athenes ſi au lieu de cette belle expoſition admirée de tous les ſiécles, Sophocle avoit introduit Electre faiſant confidence de ſon amour à la nuit?

Qu'auroit-on dit, ſi la premiere fois qu'Electre parle à Oreſte, cet Oreſte lui eut fait

confidence de son amour pour une fille d'E-
giste, & si Electre l'avoit payé par une autre
confidence de son amour pour le fils de ce
tyran.

Qu'auroit-on dit si on avoit entendu une
fille d'Egiste s'écrier :

Faisons tout pour l'amour s'il ne fait rien pour moi.

Qu'auroit-on dit si on avoit vû le *pædagogos*, ou gouverneur d'Oreste, devenir le
principal personnage de la piéce, attirer sur
soi toute l'attention, effacer entiérement &
avilir celui qui doit faire le principal rôle :
de sorte que la piéce devroit être intitulée
Palamede plutôt qu'*Electre*.

Qu'auroit-on dit si on avoit vû Oreste (sans
son ami Pylade) devenir général des armées
d'Egiste, gagner des batailles, chasser deux
Rois, sans que ce *pædagogos* en fut instruit.
Ficta voluptatis causa sit proxima veris.

Qu'auroit-on dit du roman etranger à la
piéce que deux actes entiers ne suffisent pas
pour débrouiller.

Qu'auroit-on dit enfin, si Sophocle avoit
chargé sa piéce de deux reconnoissances
brusquées l'une & l'autre, & très-mal ména-
gées. Electre qui sçait ce que Tydée a fait
pour Egiste, qui n'ignore pas qu'il est amou-
reux de la fille de ce tyran, peut-elle soup-
çonner un moment sans aucun indice, que ce

même Tydée est son frere. De plus, comment est-il possible qu'Oreste ait été si peu instruit de son sort & de son nom ?

Horace & tous les Romains, après les Grecs, à la vue de tant d'absurdités se seroient écriez tout d'une voix :

Quidquid ostendis mihi sic incredulus odi

& j'ose assurer qu'ils auroient trouvé l'Electre de Sophocle si elle avoit été composée & écrite comme la Françoise, tout-à-fait déraisonnable dans le caractere, sans justesse dans la conduite, sans véritable noblesse dans les sentimens & sans pureté dans l'expression.

Ne voit-on pas évidemment que le mépris des anciens modeles, la négligence à les étudier & l'indocilité à s'y conformer ménent nécessairement à l'erreur & au mauvais goût ; & n'est-il pas aussi necessaire de faire remarquer aux jeunes gens qui veulent faire de bonnes études les fautes où sont tombés les détracteurs de l'antiquité, que de leur faire observer les beautés anciennes qu'ils doivent tâcher d'imiter ? Je ne sçais par quelle fatalité il arrive que les Poëtes qui ont écrit contre les anciens, sans entendre leur langue, ont presque toujours très-mal parlé la leur, & que ceux qui n'ont pû être touchés de l'harmonie d'Homere & de Sophocle ont toujours péché contre l'harmonie qui est une partie essentielle de la poësie.

On n'auroit pas hazardé impunémēt devant les Juges & fur le theatre d'Athenes un
vers dur, ni des termes impropres. Par quelle
étrange corruption fe pourroit-il faire qu'on
fouffrit parmi nous ce nombre prodigieux
de vers dans lefquelſœ la fyntaxe, la propriété
des mots, la juftelle des figures, le rythme
font éternellement violés ?

Il faut avouer qu'il y a peu de pages dans
l'Electre de M. de Crebillon où les fautes
dont je parle ne fe préfentent en foule. La
même négligence qui empêche les auteurs
modernes de lire les bons auteurs de l'antiquité, les empêche de travailler avec foin leurs
propres ouvrages. Ils redoutent la critique
d'un ami fage, fevere, éclairé, comme ils redoutent la lecture d'Homere, de Sophocle,
de Virgile & de Ciceron. Par exemple lors
que l'auteur d'Electre fait parler ainfi Itis à
Electre :

Enfin pour vous forcer à vous donner à moi
Vous fçavez fi jamais j'exigeai rien du Roi :
Il prétend qu'avec vous un nœud facré m'uniffe
Ne m'en imputés point la cruelle injuftice.
Au prix de tout mon fang je voudrois être à vous
Si c'étoit votre aveu qui me fit votre époux.
Ah par pitié pour vous, Princeffe infortunée,
Payez l'amour d'Itys par un tendre hymenée

. Puiſquil faut l'achever ou deſcendre au tombeau
Laiſſez-en à mes feux allumer le flambeau.
Regnez donc avec moi, c'eſt trop vous en defen-
dre}.....

Je ſuppoſe que l'Auteur eut conſulté feu **M.**
Deſpreaux ſur ces vers, je ne dis pas ſur le
fond; car ce grand critique n'auroit pas pû
ſupporter une déclaration d'amour à Electre,
je dis uniquement ſur la langue & ſur la ver-
ſification. Alors **M Deſpreaux** lui auroit dit
ſans doute : il n'y a pas un ſeul de tous ces
vers qui ne ſoit à réformer.

Enfin pour vous forcer à vous donner à moi
Vous ſçavez ſi jamais j'exigeai *rien* du Roi

Ce *rien* n'eſt pas François, & ſert à rendre
la phraſe plus barbare ; il falloit dire vous
ſçavez ſi jamais j'exigeai du Roi qu'il vous
forçât à m'épouſer.

Il prétend qu'avec vous un *nœud ſacré* m'uniſſe
Ne *m'en* imputez point la cruelle injuſtice.

Cet *en* n'eſt pas François, & la *cruelle*
injuſtice n'eſt pas raiſonnable dans la bouche
d'Itys, il ne doit point regarder comme cruel
& injuſte un mariage qu'il ne veut faire que
pour rendre Electre heureuſe.

Au prix de tout mon ſang je voudrois être à vous
Si c'étoit votre aveu qui me fit votre époux.

Au prix de tout mon ſang veut dire au

prix de ma vie, & il n'y a pas d'apparence qu'on se marie quand on est mort. *Si c'étoit votre aveu qui me fit* est prosaïque, plat & dur, même dans la prose la plus simple.

Ah par pitié pour vous, Princesse infortunée,
Payez l'amour d'Itis par un tendre hymenée.

Ces termes lâches & oiseux de *Princesse infortunée* & de *tendre hymenée* affoibliroient la meilleure tirade. Il faut éviter soigneusement ces expressions fades. *Par pitié pour vous* n'est pas placé, il falloit dire tout est à craindre si vous n'obéissez pas au Roi, faites par pitié pour vous ce que vous ne faites pas par amour, par bienveillance, par condescendance pour moi.

Puisqu'il faut l'achever ou descendre au tombeau
Laissez-*en* à mes feux allumer le flambeau.
Regnez-*donc* avec moi, c'est trop vous en défen-
          dre

Vous devez sentir vous même, auroit continué M. Despreaux, combien ces mots : *puisqu'il faut, laissez en à mes feux . . . . regnez donc avec moi*, ont à la fois de dureté & de foiblesse ; combien tout cela manque de pureté, de noblesse & de chaleur ; reprenez cent fois le rabot & la lime.

Si M. Despreaux continuoit à lire, souffriroit-il les vers suivans :

Qu'il faſſe que ces fers dont il *s'eſt tant* promis
Soient moins honteux pour moi que l'hymen de
    ſon fils....
Ta vertu ne te ſert qu'à redoubler ma haine..
Egiſte ne prétend *te* faire mon époux....
Bravez-*le*, mais du moins du ſort qui vous accable
N'accuſez *donc* que vous, *Princeſſe inexorable*...
Je voulois par l'hymen d'Itys & de ma fille
Voir rentrer quelque jour le ſceptre en ſa famille,
Mais *l'ingrate ne* veut que nous immoler tous....
Madame, quel malheur troublant votre ſommeil,
Vous a fait *de ſi loin* devancer le ſoleil ?

Ce même Deſpreaux auroit-il pû s'empê-
cher de rire lorſqu'Electre dit à Egiſte :

Pour cet heureux hymen ma main eſt toute prête,
Je n'en veux diſpoſer qu'en faveur de ton ſang ;
Et je la donne à qui te percera le flanc.

Cette équivoque & cette pointe lui auroient paru préciſement de la même eſpece
que celle de Theophile qu'il releve ſi bien
dans une de ſes judicieuſes préfaces.

Ah voilà ce poignard qui du ſang de ſon maître
S'eſt ſouillé lâchement, il en rougit le traitre.

Il eſt certain qu'un auteur éclairé par de
tels critiques auroit retravaillé entiérement
ſon ouvrage, & qu'il auroit ſurtout mis du
naturel à la place du bourſouflé. Il n'auroit
point fait de ces fautes énormes contre le

bon fens & contre la langue ; fon cenfeur lui auroit crié :

Mon efprit n'admet point un pompeux barbarifme
Ni d'un vers empoulé l'orgueilleux follecifme.

On n'auroit point vû un héros *voguer au gré de fes defirs plus qu'au gré des vents. La foudre ouvrir le ciel & l'onde à fillons redoublés & bouillonner en fource de feu. De pâles éclairs s'armer de toute part.* Un héros *méditer fon retour à grands pas. La fuprême fageffe des Dieux qui brave la crédule foibleffe des mortels ; un grand cœur qui ne manque à fon devoir que pour s'en inftruire mieux.* Un interlocuteur qui dit : *Ne penetrez vous pas un fi trifte filence ; des remords d'un cœur né vertueux qui pour punir ce cœur vont plus loin que les Dieux.* Une Electre qui dit : *percez le cœur d'Itis mais refpectez le mien.*

Il n'eft que trop vrai, & il faut l'avouer à la honte de notre litterature, que dans la plûpart de nos auteurs tragiques on trouve rarement fix vers de fuite qui n'ayent de pareils défauts, & cela parce qu'ils ont la préfomption de ne confulter perfonne (*a*), ou l'indocilité de ne profiter d'aucun avis. Le peu de connoiffance qu'ils ont eux-mêmes

____

(*a*) *In Metii defcendat judicis aures.* Horat. de arte Poet.

mes des langues fçavantes, de la noble fim-
plicité des anciens, de l'harmonie de la tragédie Grecque les leur fait méprifer. La pré-
cipitation & la pareffe font encore des défauts qui les perdent fans reffource (*a*).
Xénophon leur crie en vain que le travail eft
la nourriture du fage οἱ πόνοι ὄψον τοῖς ἀγαθοῖς.
Enyvrés d'un fuccès paffager ils fe croyent
au-deffus des plus grands maîtres & des anciens qu'ils ne connoiffent prefque que de
nom. Une bonne tragédie ainfi qu'un bon
poëme eft l'ouvrage d'un efprit fublime,
Magna mentis opus, dit Juvenal. Ce n'eft
pas un foible effort & un travail médiocre
qui font y réuffir.

L'illuftre Racine joignoit à un travail in-
fini une grande connoiffance de la tragédie
Grecque, une étude continuelle de fes beautés & de celles de leur langue & de la nôtre.
Il confultoit de plus les Juges les plus feve-
res, les plus éclairés, & qui lui étoient fin-
cerement attachés. Il les écoutoit avec do-
cilité. Enfin il fe faifoit gloire ainfi que Def-

(*a*) . . . . *Carmen reprehendite quod non
Multa dies, & multa litura coercuit, atque
Perfectum decies non caftigavit ad unguem.*

Horat. de arte Poët.

D

preaux d'être revêtu des dépouilles des anciens, il avoit formé son stile sur le leur; c'est par-là qu'il s'est fait un nom immortel. Ceux qui suivent une autre route n'y parviendront jamais. On peut réussir peut-être mieux que lui dans les catastrophes : on peut produire plus de terreur, approfondir davantage les sentimens, mettre de plus grands mouvemens dans les intrigues; mais quiconque ne se formera pas comme lui sur les anciens, quiconque surtout n'imitera pas la pureté de leur stile & du sien, n'aura jamais de réputation dans la postérité.

> *..... Vos exemplaria græca*
> *Nocturnâ versate manu , versate diurnâ.*
>
> Horat. de arte poët.

FIN.

www.ingramcontent.com/pod-product-compliance
Ingram Content Group UK Ltd.
Pitfield, Milton Keynes, MK11 3LW, UK
UKHW031758170726
13836UKWH00003B/1038